This edition published by Parragon Books Ltd in 2015 and distributed by

Parragon Inc.
440 Park Avenue South, 13th Floor
New York, NY 10016, USA
www.parragon.com

Copyright © Parragon Books Ltd 2012-2015

Textos y adaptaciones: Etta Saunders, Catherine Allison, Peter Bently, Claire Sipi,
Anne Rooney, Ronne Randall, Anne Marie Ryan
Ilustraciones: Deborah Allwright, Victoria Assanelli, Deborah Melmon, Jacqueline East,
Erica-Jane Waters, Livia Coloji, Sean Julian, Maria Bogade, Dubravka Kolanovic,
Natalie y Tamsin Hinrichsen
Edición: Rebecca Wilson
Ilustración de la cubierta: Charlotte Cooke

Traducción y maquetación: Delivering iBooks & Design, Barcelona

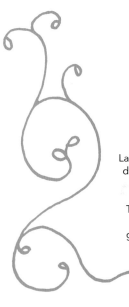

ISBN 978-1-4748-0820-0

Impreso en China/Printed in China

Colección de
cuentos para niños de

años

PaRragon

Bath · New York · Cologne · Melbourne · Delhi
Hong Kong · Shenzhen · Singapore · Amsterdam

Índice

Pinocho

Érase una vez un carpintero
llamado Geppetto. Un día paseaba
por un bosque encantado cuando se
encontró un trozo de madera que hablaba.

«¡Qué extraño!», pensó.

Geppetto se lo llevó a casa y se puso a
tallar una marioneta con él. La vistió y le
puso un sombrerito. La marioneta se puso a
bailar por toda la habitación para Geppetto,
que no podía parar de reír.

8

Geppetto le puso el nombre de Pinocho.

—Ahora tendrás que ir a la escuela como los otros niños —le dijo Geppetto.

De camino a la escuela, Pinocho conoció a un grillo.

—Yo te enseñaré lo que está bien y lo que está mal —le dijo a Pinocho.

Luego Pinocho se encontró con un zorro y un gato, que habían oído el tintineo de unas monedas que Pinocho llevaba en el bolsillo.

—¿Para qué vas a ir al colegio? —le preguntó el zorro—. ¿No te gustaría más venir a jugar con nosotros?

A Pinocho le pareció una buena idea.

—Esto no está bien —le advirtió el grillo.

Pero Pinocho no le prestó atención al grillo, y el gato y el zorro se lo llevaron al interior del bosque.

—Si plantas aquí tu dinero, crecerá un árbol de monedas —le dijeron.

—Esto no está bien —le advirtió el grillo.

Pero Pinocho no le escuchó. Cavó un agujero en el suelo y enterró las monedas que llevaba.

Después volvió a casa y no le contó a su padre que no había ido al colegio.

Al día siguiente Pinocho tampoco fue al colegio. En lugar de eso se adentró en el bosque con el grillo en busca del árbol de monedas.

Pero cuando llegó al lugar donde había enterrado su dinero, no había ningún árbol. Y cuando fue a desenterrarlo descubrió que había desaparecido.

—El zorro y el gato te han jugado una mala pasada —dijo el grillo—. Lo único que querían era quedarse con tu dinero.

Pinocho se sintió estúpido, pero fingió que no pasaba nada. Entonces se adentró en el bosque dando fuertes pisadas.

—Voy a vivir una aventura —anunció.

El grillo le suplicó que volviera con Geppetto, pero Pinocho caminó sin descanso hasta que anocheció y empezó a tener un poco de miedo.

Al rato llegaron a una pequeña cabaña, y Pinocho se puso a aporrear la puerta. Un hada de cabello turquesa le abrió.

—Nos hemos perdido —explicó Pinocho—. ¿Nos podrías ayudar?

El hada los invitó a pasar y les dio de comer.

—¿Por qué estáis tan lejos de casa? —les preguntó amablemente.

Pinocho no quería decirle que había desobedecido a su padre.

—¡Es que nos perseguía un gigante! —mintió.

De repente, la nariz de Pinocho creció un poco.

—El gigante era tan alto como tres árboles… —siguió mintiendo mientras la nariz le crecía un poco más.

—Entonces me adentré en el bosque para despistarlo —continuó mientras la nariz no paraba de crecer ante su asombro.

—Te he hechizado —dijo el hada—. Cada vez que digas una mentira, te crecerá la nariz.

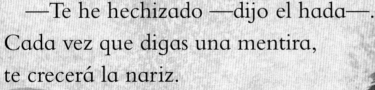

—Ya no diré más mentiras —prometió Pinocho.

El hada llamó a sus amigos los pájaros carpinteros para que picotearan la larga nariz de Pinocho hasta que quedara como antes. A la mañana siguiente, Pinocho volvió a atravesar el bosque con el grillo al hombro.

—A partir de ahora haré caso a mi padre —prometió.

Pero cuando llegó a casa, Geppetto no estaba. Había una nota en la mesa de la cocina que decía así:

Querido Pinocho,
He ido a buscarte. Te echo mucho de menos, hijo mío.
Tu padre que te quiere, Geppetto.

Pinocho se puso muy triste. Se había portado muy mal.

—Tenemos que encontrar a mi padre y traerlo a casa —dijo sollozando.

Así que él y el grillo se pusieron de nuevo en camino.

Empezaron a buscar por el río, pero Pinocho se acercó demasiado al agua y se cayó. El grillo saltó para ayudarlo, pero ambos fueron a parar a la panza de un pez enorme.

¡Por suerte, dentro del pez encontraron a Geppetto!

—¡Nunca volveré a dejarte solo! —le aseguró.

Entonces aquel niño de madera tan ingenioso se quitó la pluma del sombrero y empezó a hacerle cosquillas al pez, que dio un buen estornudo:

—¡A… a… a… chís!

Del impulso, Geppetto, Pinocho y el grillo salieron disparados por la boca del pez y fueron a parar a la orilla.

Aquella noche, cuando Pinocho estaba en su cama durmiendo profundamente, el hada del cabello turquesa entró por la ventana.

—Eres un niño muy valiente —le dijo, y le dio un tierno beso en la frente.

¡A la mañana siguiente, Pinocho descubrió que era un niño de carne y hueso! Desde entonces fue un buen hijo para Geppetto y el mejor amigo del grillo, que nunca más tuvo que ayudarle a saber lo que estaba bien y lo que estaba mal.

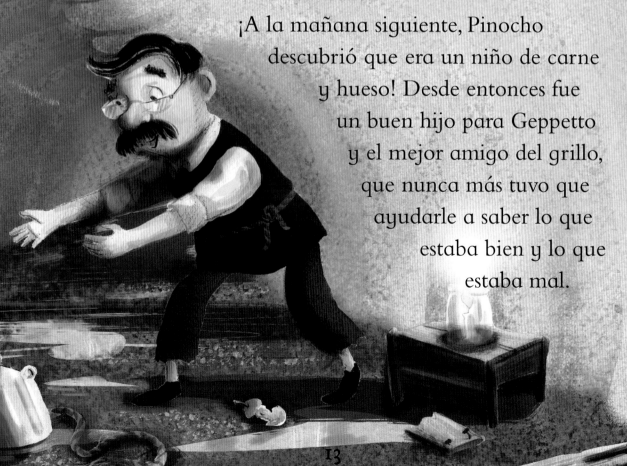

Las manchas del Leopardo

Érase una vez, hace mucho tiempo, un leopardo que vivía en una llanura africana de arena amarilla. La Jirafa y la Cebra vivían allí también, junto con un montón de ciervos. Todos los animales eran de color amarillo arena, igual que la llanura.

El Leopardo era del mismo color, lo cual era un peligro para el resto de los animales porque les costaba distinguirlo. Podía agazaparse entre la hierba de color amarillo arena, abalanzarse sobre sus presas y zampárselas siempre que quisiera.

La Jirafa, la Cebra y los otros animales vivían siempre atemorizados. Sin embargo, el Leopardo estaba de maravilla y tenía la panza siempre llena.

Un día, los animales decidieron que había que hacer
algo. Así que optaron por irse a una selva inmensa en
la cual los rayos de sol atravesaban los árboles creando
sombras en forma de rayas, manchas y motas.

Aquel fue el lugar donde se ocultaron los animales,
entre el sol y la sombra.

Muy pronto, el pelaje de todos ellos fue cambiando
de color. El de la Jirafa se cubrió de grandes manchas
marrones, y el de la Cebra de rayas blancas y negras
procedentes de las sombras en las que se cobijaban.
El pelaje de los otros animales también se oscureció,
con líneas onduladas y motivos creados por las sombras
que les rodeaban.

En la llanura de arena, el Leopardo estaba hambriento.

—¿Dónde se han metido todos? —preguntó al babuino.

—Están en la selva —respondió el babuino sin pensar—.
Y están muy cambiados. Tú deberías hacer lo mismo.

El Leopardo no entendía qué había querido decir el
babuino, pero de todas maneras decidió ir a la selva.

En la selva, el Leopardo solo veía troncos, manchados, moteados, punteados y sombreados.

No veía a los animales, pero como podía olerlos, sabía que estaban allí.

El Leopardo esperó pacientemente entre las sombras, hasta que un cervatillo se le acercó corriendo. Pero el Leopardo de color amarillo arena no pasaba desapercibido entre la espesura, por lo que el cervatillo salió huyendo en cuanto lo vio. Al Leopardo solo le dio tiempo de agarrarlo por la cola.

—Soy demasiado pequeño, conmigo no te llenarás la panza —suplicó el cervatillo—. Por favor, deja que me vaya.

El cervatillo estaba en lo cierto. Era flaco y diminuto y no valía la pena tomarse la molestia, pero aun así el Leopardo no le soltaba la cola.

—¿Qué ha pasado con los animales? —preguntó el Leopardo.

—Que hemos cambiado —contestó el cervatillo—. Ahora tenemos el pelaje rayado, moteado, manchado y punteado, igual que las sombras de la selva. Me has cazado porque aún soy joven, debería ir con más cuidado.

El Leopardo soltó al cervatillo y se sentó a pensar. «Por eso no consigo ver a los animales en la selva —pensó—, porque su pelaje ha cambiado para confundirse con las sombras de los árboles. Si quiero cazarlos tendré que cambiar también, pero ¿cómo voy a conseguirlo?».

Mientras pensaba, vio pasar más ciervos. Cuando se movían podía verlos bien, pero cuando se detenían quedaban ocultos entre las sombras. El Leopardo se veía a la legua con su pelaje amarillo arena, por eso los ciervos no se acercaban mucho a él.

Se quedó sentado a la sombra mucho tiempo, concentrado lamiéndose las garras. De repente, se percató de que sus patas estaban salpicadas de manchitas oscuras. ¡Y también su cola estaba manchada!

Miró alrededor y cayó en la cuenta de que las manchas eran como las pequeñas sombras que se proyectaban sobre él.

«¡Ahora lo entiendo! —pensó—. Las manchas me han salido porque me he tendido a la sombra. Por eso también ha cambiado mi pelaje».

Después de tanto pensar y esperar, el Leopardo estaba tan cansado que se quedó dormido. Cuando despertó, descubrió que su pelaje estaba completamente lleno de manchitas oscuras que imitaban las sombras de la selva.

—¡Qué maravilla! —exclamó mirándose su nuevo pelaje—. Ahora que ya no soy amarillo arena podré esconderme en la selva como los otros animales. Cuando estén cerca, me abalanzaré sobre ellos y me daré un buen festín.

El Leopardo vivió feliz en la selva, comiendo y durmiendo sin que nadie advirtiera su presencia. Y los otros animales también aprendieron a ocultarse de él lo mejor que pudieron, ¡claro está!

Al conejito le encanta leer

Un día, los amigos de Rabito fueron a su casa.

—Hola, Rabito —le saludaron—. ¿Vienes a jugar con nosotros?

—Claro —dijo Rabito con una sonrisa—. Eso sí, tengo que acabar de leer mi libro, ¡es de piratas!

—Siempre
estás leyendo
—dijo Bella,
su hermana—.
Jugar a la
rayuela es
mucho más
divertido.

—¡Los libros son aburridos! —croó Renata.

—¿Para qué leer cuando puedes brincar?

—Leer no es tan divertido como hacer carreras —coincidió Pepito.

22

—No les hagas caso, Rabito —sonrió Ardi—. Los libros son geniales...

—¿Sí? —preguntó Rabito.

—Sí —contestó Ardi con una sonrisa—. Los libros son geniales... ¡para zampárselos!

—¡Oye...! —replicó Rabito riéndose.

Entonces dijo Bella:

—¡Va, dejad a Rabito con
sus libros y vamos a jugar
fuera!

Pero había empezado a
llover. Los amigos miraron
tristes por la ventana.

—¿Por qué no leéis algunos
de mis libros? —preguntó
Rabito, que llevaba en las
manos una caja muy grande.

—Bueno —dijo Ardi
a regañadientes—, pero
solo hasta que pare
de llover.

—¿A qué queréis jugar? —preguntó Rabito cuando sus amigos acabaron de leer—. ¿A la rayuela, a brincar, al pilla pilla?

—¡Vamos a hacer trucos de magia! Si me das un beso, me convertiré en una princesa —dijo Renata.

—¡Puaj! No, gracias —dijo Ardi riendo—. Vamos a jugar a piratas.

—¡Mirad! —dijo Bella—.
Soy un dinosaurio.

GROAAR

—¡Voy a buscar a
la princesa encantada!
—gritó Pepito.

Y jugaron a los piratas, a los
dinosaurios y a príncipes y princesas
hasta que llegó la hora de volver a casa.

—¿Tienes más libros de dinosaurios? —preguntó Bella.

—¡Claro! —contestó Rabito.

—¿Y de ranas? —preguntó Renata.

—Sí, y también de sapos —dijo Rabito.

—¿Tienes alguno de brujas y magia? —preguntó Pepito.

—¡Un montón!

—¿Me prestarás otro libro de piratas? —preguntó Ardi.

—¡Claro que sí! —sonrió Rabito, ¡pero tienes que prometerme que no te lo comerás!

Blancanieves

Érase una vez una reina que deseaba tener una hija.
Un día de invierno mientras cosía junto a la ventana, se
pinchó el dedo con la aguja. Al ver las tres gotas de sangre
que resbalaban por su dedo, pensó:
«Me gustaría que mi hija tuviera
los labios rojos como la sangre,
el cabello negro como el ébano
y la piel blanca como la nieve».

Meses después, tuvo una
preciosa niña con los labios
rojos como la sangre, el cabello
negro como el ébano y la piel
blanca como la nieve.

—Te llamaré
Blancanieves —le susurró.

Por desgracia, la reina
murió y el rey volvió a
casarse. Su nueva esposa era
muy hermosa, pero también
muy vanidosa. Tenía un
espejo mágico al que cada
día le preguntaba:

—Espejito, espejito, ¿quién
es la más bella del reino?
Y el espejo le contestaba:

—Vos, mi reina, sois la más bella
entre las bellas.

Como Blancanieves estaba
cada día más guapa, su
madrastra empezó a sentir celos
de ella. Un día le preguntó al
espejo quién era la más bella.
Y el espejo le contestó:

—Vos, mi reina, sois muy bella,
pero Blancanieves aún lo es más.

La reina se puso furiosa.
—¡Quiero que te lleves a Blancanieves al bosque
y la mates! —le ordenó a su cazador.
El cazador se llevó a Blancanieves al bosque,
pero fue incapaz de hacerle daño.
—Aléjate todo lo que puedas de aquí —le rogó.
Y Blancanieves huyó al bosque.

Al anochecer Blancanieves vio una pequeña cabaña.
Llamó a la puerta y, aunque nadie respondió, estaba tan
cansada y asustada que entró. Dentro encontró una mesa
puesta con siete cubiertos y un dormitorio con siete camitas.

Blancanieves se echó en la séptima cama y se quedó
dormida. Cuando despertó la rodeaban siete enanitos que
la miraban azorados.

—¿Quiénes sois vosotros? —les preguntó.

—Somos los siete enanitos y vivimos aquí
—respondió uno de ellos—. ¿Y tú quién eres?

—Yo soy Blancanieves —respondió.

Cuando les contó lo sucedido, los enanitos
se apiadaron de ella.

—Puedes quedarte con nosotros —dijo
el mayor de todos.

A partir de aquel día, los enanitos
iban a trabajar mientras ella se
quedaba en la casa, cocinando
y limpiando.

—¡No le abras la puerta a nadie! —le decían cada mañana cuando se iban, preocupados por si su madrastra se enteraba de que estaba viva.

Mientras tanto, la reina malvada le había vuelto a preguntar al espejo quién era la más bella. Este contestó:

—Vos, mi reina, sois muy bella,
pero Blancanieves sigue siéndolo aún más.
Vive en el bosque con siete enanitos
que la cuidan y le dan muchos mimos.

La reina malvada se puso furiosa y prometió que mataría a Blancanieves con sus propias manos. Inyectó veneno en una manzana jugosa, se disfrazó de vendedora ambulante y se adentró en el bosque.

—¡Manzanas, vendo manzanas! —gritó mientras llamaba a la puerta de la cabaña de los enanitos.

Blancanieves recordó la advertencia de los enanitos, y abrió la ventana en vez de la puerta.

La mujer le ofreció la manzana. Aunque Blancanieves dudó, finalmente le dio un mordisco, se atragantó con el trozo envenenado y cayó redonda al suelo.

Cuando los siete enanitos regresaron a casa, encontraron muerta a su querida Blancanieves. Construyeron para ella una caja de cristal y la pusieron en el bosque, donde la velaban por turnos.

Un día un príncipe que pasaba por allí vio la caja de cristal.

—¿Quién es esta joven tan hermosa? —preguntó.

Los enanitos le contaron la triste historia.

—Por favor, dejad que me la lleve conmigo —suplicó el príncipe—. Os prometo que no dejaré de velarla ni un solo día.

Los enanitos se dieron cuenta de lo mucho que el príncipe quería a Blancanieves, y dejaron que se la llevara.

Pero cuando los sirvientes del príncipe fueron a abrir la caja de cristal, se les resbaló. Con la sacudida salió disparado el trozo de manzana que había quedado atrapado en la garganta de Blancanieves, y esta volvió a la vida.

Al ver al apuesto príncipe, Blancanieves se enamoró profundamente de él.

—¿Quieres casarte conmigo? —le preguntó el príncipe. Blancanieves aceptó encantada. Poco después se casaron en el castillo del príncipe, rodeados de los siete enanitos. Y vivieron felices por siempre jamás.

El enano saltarín

Érase una vez un humilde molinero que tenía una hija muy bella. Un día que el rey visitó la aldea, el molinero quiso impresionarlo y le contó una mentira.

—Majestad, ¿sabíais que tengo una hija capaz de hilar la paja y convertirla en oro? —le preguntó.

—Quiero verlo con mis propios ojos —pidió el rey.

Al día siguiente, el molinero acompañó a su hija al palacio. El rey la llevó a una habitación llena de paja donde también había un taburete y una rueca.

—¡Si mañana por la mañana no has convertido toda esta paja en oro, irás a parar a la mazmorra! —la amenazó el rey.

Dicho esto, salió de la habitación y la encerró bajo llave. La pobre hija del molinero rompió a llorar desconsolada.

De repente se abrió la puerta y apareció el hombrecillo más raro que había visto en toda su vida.

—¿Por qué lloras? —le preguntó el enano.

—Porque el rey me ha pedido que convierta toda esta paja en oro para mañana y no sé cómo hacerlo —le contestó la muchacha apenada.

—Si me das ese collar tan bonito que llevas, yo lo haré por ti —dijo el enano.

—¡Claro que sí, muchas gracias! —dijo con un suspiro la muchacha, secándose las lágrimas y entregándole el collar.

Entonces el enano se sentó delante de la rueca y se puso a trabajar.

El hombrecillo se pasó la noche hilando y al día siguiente la habitación estaba llena de bobinas de hilo de oro. Y tal como vino, el enano se fue.

Al día siguiente el rey no podía creerse lo que veía.

—Has hecho un buen trabajo —le dijo—, pero me pregunto si podrías repetirlo.

Entonces llevó a la hija del molinero a una habitación mucho más grande en la que también había un montón de paja.

—¡Si mañana por la mañana no has convertido toda esta paja en oro, irás a parar a la mazmorra! —la amenazó el rey, encerrándola de nuevo bajo llave.

La hija del molinero estaba muy asustada. Entonces el extraño hombrecillo volvió a aparecer.

—No llores. Si me das ese anillo tan bonito que llevas, yo lo haré por ti —le dijo.

La muchacha le dio el anillo agradecida y el enano se puso a trabajar. Una vez más, convirtió toda la paja en oro.

—Si lo consigues por tercera vez serás mi reina —le prometió el rey.

Esta vez la pobre hija del molinero lloró aún más desconsolada al irse el rey.

—¿Y ahora por qué lloras? —le preguntó el enano, que apareció por tercera vez—. Si ya sabes que te voy a ayudar.

—Pero es que no tengo nada para darte a cambio —sollozó la muchacha.

—Si te casas con el rey, puedes darme tu primer hijo —le pidió el enano.

La hija del molinero, desesperada, aceptó. Aquella noche, el enano volvió a convertir toda la paja en oro.

Al día siguiente, el rey se puso tan contento al ver el resultado que cumplió su promesa y se casó con la hija del molinero.

La flamante reina era muy feliz y pronto olvidó la promesa que le había hecho al hombrecillo.

Pero cuando dio a luz a un precioso niño, el enano apareció de nuevo.

La reina fue presa de la desesperación.

—¡No, por favor! ¡Llévate todas mis joyas y monedas pero no me pidas a mi hijo! —le suplicó.

—De ninguna manera —le contestó el enano—. Me lo prometiste. Te doy tres días. Si en ese tiempo adivinas cómo me llamo, podrás quedarte con tu hijo.

La reina aceptó el trato. Al día siguiente mandó mensajeros por todo el reino para que averiguaran todos los nombres de niño que pudieran.

Aquella noche la reina le leyó una lista de nombres, pero el enano se moría de risa.

Al día siguiente envió a sus mensajeros en busca de más nombres, pero no conseguía acertar.

Al tercer día estaba desesperada. El último mensajero regresó al caer la noche.

—Majestad, no he descubierto ningún otro nombre —le dijo—, pero cuando volvía por el bosque he visto a un hombrecillo que saltaba y bailaba alrededor de una hoguera mientras cantaba una canción que decía:

—¡La reina nunca mi nombre va a averiguar porque Rumpelstiltskin me hago llamar!

La reina no cabía en sí de gozo. Aquella noche, cuando el enano apareció, le dijo:

—¿Acaso os llamáis… Rumpelstiltskin?

El hombrecillo se puso furioso. Saltó tan fuerte que atravesó la madera del suelo. Después, sacando como pudo las piernas, salió de la habitación y nunca nadie más volvió a saber de él.

El rey, la reina y su hijo vivieron felices por siempre jamás.

Aladino

Érase una vez un niño llamado Aladino que vivía con su madre. Eran tan pobres, tan pobres que nunca sabían si al día siguiente tendrían para comer.

Un día se presentó en su cabaña un hombre diciendo que era un tío lejano de Aladino. Cuando le dijo que lo ayudaría a hacer fortuna, Aladino y su madre no podían creérselo.

El niño acompañó al hombre por el desierto hasta que llegaron a una roca. Entonces el desconocido la empujó a un lado y tras ella apareció una cueva.

—Ahora baja a la cueva y busca una lámpara —le dijo—. Tráemela. Y no se te ocurra tocar nada más. Ponte este anillo mágico, te protegerá.

Aladino estaba muerto de miedo pero no se atrevió a llevarle la contraria a su tío. Se puso el anillo mágico y bajó a la cueva. En cuanto atravesó el umbral, quedó maravillado al ver todo aquello. Había montones y montones de oro y joyas que llegaban al techo. Las piedras preciosas brillaban en la escasa luz. Solo con uno de aquellos rubíes Aladino y su madre serían ricos. Pero el niño cumplió su promesa y no tocó nada de nada. Al final, encontró una lámpara de latón algo feúcha.

«¿De verdad es esta?», pensó Aladino extrañado, pero se la llevó a su tío. Cuando llegó a la boca de la cueva, se dio cuenta de que no podía salir con la lámpara en la mano.

—Dámela —le dijo su tío—, después te ayudaré a salir.

—Primero ayúdame a salir, tío —repuso Aladino—, después te daré la lámpara.

—¡No! —gritó el hombre—. ¡Primero quiero la lámpara!

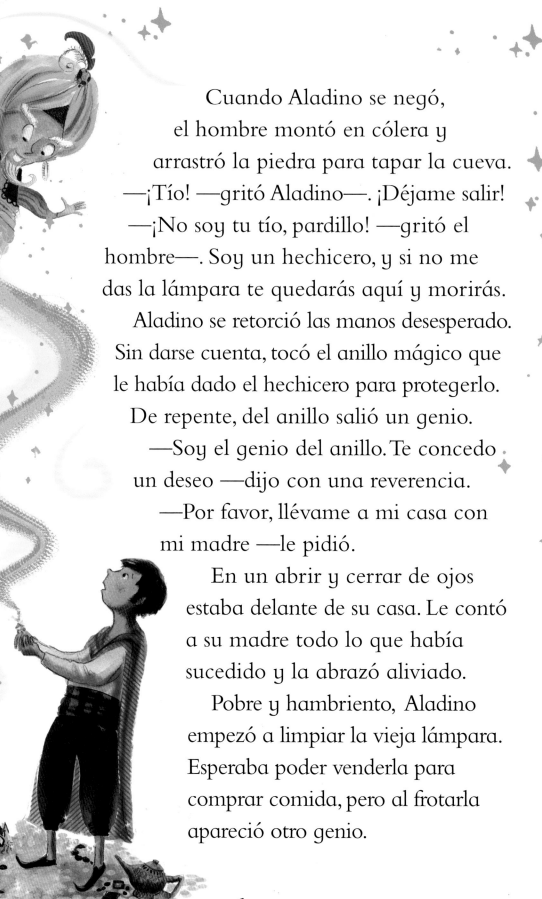

Cuando Aladino se negó,
el hombre montó en cólera y
arrastró la piedra para tapar la cueva.

—¡Tío! —gritó Aladino—. ¡Déjame salir!

—¡No soy tu tío, pardillo! —gritó el
hombre—. Soy un hechicero, y si no me
das la lámpara te quedarás aquí y morirás.

Aladino se retorció las manos desesperado.
Sin darse cuenta, tocó el anillo mágico que
le había dado el hechicero para protegerlo.
De repente, del anillo salió un genio.

—Soy el genio del anillo. Te concedo
un deseo —dijo con una reverencia.

—Por favor, llévame a mi casa con
mi madre —le pidió.

En un abrir y cerrar de ojos
estaba delante de su casa. Le contó
a su madre todo lo que había
sucedido y la abrazó aliviado.

Pobre y hambriento, Aladino
empezó a limpiar la vieja lámpara.
Esperaba poder venderla para
comprar comida, pero al frotarla
apareció otro genio.

—Soy el genio de la lámpara. Te concedo un deseo —le dijo.

Le pidió al genio que le trajera comida y dinero para que él y su madre pudieran vivir tranquilos.

La vida de Aladino transcurrió feliz, hasta que un día se enamoró profundamente de la hermosa hija del rey. Claro que, ¿cómo iba a casarse él con una princesa?

Aladino pensó y pensó, hasta que tuvo una idea. Le pidió al genio magníficos regalos para agasajar a su amada.

Cuando la princesa habló con Aladino para agradecerle los regalos, se enamoró de él. Se casaron, y Aladino le pidió al genio un bonito palacio para ambos.

Al enterarse de que un rico extranjero se había casado con la princesa, el hechicero supo que Aladino se había escapado de la cueva con la lámpara. El hechicero se disfrazó de vendedor y esperó a las puertas del palacio.

—¡Cambio lámparas viejas por nuevas! —exclamaba.

La mujer de Aladino se acordó de la lámpara feúcha que Aladino guardaba, y fue a dársela. El hechicero se la arrebató, la frotó, y le pidió al genio que se llevara el palacio y a la princesa muy lejos de allí.

—¿Dónde está mi adorada esposa? —preguntó Aladino al regresar a casa.

Se frotó el anillo mágico para hacer aparecer al genio.

—Por favor, devuélveme a mi mujer y mi palacio —le rogó Aladino.

—Lo siento, amo —le respondió el genio—, pero no soy tan poderoso como el genio de la lámpara.

—Entonces llévame con ella y así podremos regresar juntos —dijo.

De repente, se encontró en una ciudad desconocida, a las puertas de un palacio. Por una ventana vio a su esposa llorando y al hechicero durmiendo.

Aladino trepó para entrar en el palacio. Consiguió hacerse
con la lámpara mágica y la frotó.

—Soy el genio de la lámpara. Te concedo un deseo
—dijo el genio.

—Llévanos de vuelta a casa, genio —le pidió Aladino—.
¡Y encierra mil años a este hechicero en la cueva!

En un abrir y cerrar de ojos, el palacio regresó al lugar al
que pertenecía. Aladino y su mujer volvieron a estar a salvo
¡y nunca más necesitaron la ayuda de los genios!

El osezno preguntón

El Osezno y la Abuela Osa estaban desayunando.

—Abuela —preguntó el Osezno—, ¿por qué tengo el hocico tan grande?

—Para buscar comida —le respondió ella.

—Pero si hay frutos rojos por todas partes —dijo él.

—Tienes razón —contestó—. Pero no toda la comida está a la vista.

Entonces le pidió que la acompañara río abajo.

—¿Ves algo para comer? —le preguntó.

Él negó con la cabeza.

—¿Y hueles algo? —añadió.

—Comida —respondió el Osezno.

—Entonces búscala con el olfato —le pidió.

El Osezno olisqueó las piedras de la orilla y le dio la vuelta a una.

—¡Un pez! —exclamó—. ¡Mmm!

—Ya tenemos el desayuno —dijo la Abuela—. ¡Buen chico!

—Te quiero, abuelita —le susurró al oído.

—Abuela —preguntó el Osezno de pronto—, ¿por qué tengo las zarpas tan afiladas?

—Para buscar comida —contestó ella.

—Pero me has dicho que la busque con el olfato —dijo sorprendido.

—Tienes razón —contestó la Abuela—. A veces el olfato te guía hasta la comida, pero no siempre resulta fácil llegar hasta ella.

Entonces le pidió que la acompañara al bosque.

—Huele el aire —le pidió.

El Osezno olfateó hasta llegar cerca de un árbol talado.

—Huelo comida —dijo—. No la veo, pero sé que está aquí.

—Para encontrarla deberás usar las zarpas —dijo la Abuela.

El Osezno se puso a rascar con sus zarpas afiladas y consiguió arrancar un trozo de corteza.

—¡Hormigas! —exclamó entre risas—. ¡Me encantan!

—Ya tenemos la comida —contestó la Abuela con una sonrisa—. ¡Buen chico!

—¡Te quiero, abuelita! —gritó el Osezno.

—Abuela —preguntó el Osezno—, ¿por qué tengo la lengua tan larga?

—Para buscar comida —le respondió la Abuela.

—Pero me has dicho que la busque con el olfato y las zarpas —dijo sorprendido.

—A veces la mejor comida está muy escondida —contestó. Entonces le pidió que la acompañara a un claro del bosque.

—Huele el aire —le pidió.

El Osezno olisqueó muy bien, levantando el hocico.

—¡Comida! —exclamó.

Un gran panal de abejas colgaba de la rama de un árbol.

—Ya sé lo que tengo que hacer —dijo el Osezno con una sonrisa—. ¡Mira lo que hago!

El Osezno agarró el panal con sus afiladas garras,
lo levantó y lo abrió.

—¡Miel! —exclamó—. ¡Qué rica!

—Ya tenemos la cena —contestó la Abuela.

Pero el Osezno no alcanzaba la miel con las zarpas.

—¿Qué harás ahora? —le preguntó la Abuela.

—Lameré la miel con la lengua —contestó el Osezno
entre risas. Y así lo hizo.

—¡Buen chico! —dijo la Abuela con una sonrisa.

—¿Cómo es que sabes tantas cosas, abuelita? —le preguntó el Osezno.

—Es fácil —le respondió—. Cuando era pequeña era tan preguntona... como tú.

Y añadió:

—Haces tantas preguntas que pronto sabrás un montón de cosas.

Entonces le dio un fuerte abrazo.

—¿Sabías que te quiero mucho, abuelita? —preguntó el Osezno.

—Lo sé —respondió ella, acariciándole la cabeza, pegajosa por la miel—. Yo también te quiero.

El ratón de campo y el ratón de ciudad

Éranse una vez dos ratoncitos. Uno de ellos vivía en la ciudad y el otro en el campo.

Un día el ratón de ciudad fue a visitar al ratón de campo. Nunca había estado allí y le hacía mucha ilusión. Preparó una maleta diminuta y se puso en camino.

La casa del ratón de campo era pequeña y oscura, muy distinta de la del ratón de ciudad. La comida también era muy diferente. Había queso cremoso, manzanas jugosas y avellanas crujientes. Estaba todo delicioso, pero al terminar la comida el ratón de ciudad seguía teniendo hambre.

Después de comer, salieron a estirar las patas. Dieron un paseo por un caminito soleado, atravesaron una puerta destartalada y fueron a parar a un prado inmenso. El ratón de ciudad empezaba a pasárselo bien cuando de repente…

—¡Muuu!

—¿Qué ha sido eso? —preguntó nervioso, agarrándose al ratón de campo.

—Es solo una vaca —dijo su amigo—. En el campo hay un montón. No tengas miedo.

El ratón de campo y el ratón de ciudad siguieron su camino atravesando un prado lleno de flores y una verde colina. Al rato llegaron a un estanque. El ratón de ciudad empezaba a pasárselo bien cuando de repente…

—¡Cuac!

—¿Qué ha sido eso? —preguntó de nuevo, temblando del hocico a la cola.

—Es solo un ganso —dijo su amigo—. En el campo hay un montón. No tengas miedo.

Los ratones siguieron su camino,
esta vez por un puente desvencijado
y un caminito de arena hasta llegar
a un bosque.

El ratón de ciudad empezaba a
pasárselo bien cuando de repente…

—¡Uh-uh-uh!

—¿Qué ha sido eso? —gritó,
dando un salto aterrorizado.

—¡Es un búho! —exclamó su
amigo—. ¡Ponte a correr! Si te
atrapa te comerá.

Los dos ratoncitos corrieron
y corrieron sin parar hasta que
llegaron a un seto y se escondieron
entre las ramas. El ratón de ciudad
estaba aterrorizado.

—¡Ya no me gusta el campo!
—dijo—. ¿Por qué no vienes
a pasar unos días a la ciudad?
¡Allí se vive mucho mejor!

El ratón de campo nunca había
estado en la ciudad, así que preparó
su mochila y se fue con su amigo.

La casa del ratón de ciudad era enorme y lujosa, muy distinta de la del ratón de campo. La comida también era muy diferente. Había bocadillos, magdalenas, chocolate y chucherías. Estaba todo delicioso, pero al acabar la comida el ratón de campo empezó a sentirse un poco mal.

Después de comer salieron a dar un paseo. Pasaron por delante de tiendas, oficinas y casas. El ratón de campo empezaba a pasárselo bien cuando de repente…

—¡Pi, pi-piii!

—¿Qué ha sido eso? —dijo aterrado, mirando alrededor.

—Es solo un coche —dijo su amigo—. En la ciudad hay un montón. No tengas miedo.

Pasaron por un parque, una iglesia y una avenida. El ratón de campo empezaba a pasárselo bien cuando de repente…

—¡Nino-nino-nino!

—¿Qué ha sido eso? —preguntó temblando.

—Es solo un camión de bomberos —dijo su amigo—. En la ciudad hay un montón. No tengas miedo.

De vuelta a casa, los ratones pasaron por un parque infantil, un colegio y un bonito jardín. El ratón de campo empezaba a pasárselo bien cuando de repente…

—¡Miau!

—¿Qué ha sido eso? —chilló con los ojos como platos.

—¡Es un gato! —exclamó el ratón de ciudad—. ¡Ponte a correr! Si te atrapa te comerá.

Los dos ratoncitos corrieron y corrieron sin parar hasta que llegaron a la casa del ratón de ciudad.

El ratón de campo estaba aterrorizado.

—¡No me gusta la ciudad! Me vuelvo a casa —dijo.

—Pero ¿cómo puedes ser feliz viviendo cerca de la vaca, el ganso y el horrible búho? —preguntó el ratón de ciudad.

—¡A mí no me dan miedo! —exclamó el ratón de campo—. ¿Y tú cómo puedes ser feliz viviendo cerca de coches, camiones de bomberos y del espantoso gato?

—¡A mí no me dan miedo! —exclamó el ratón de ciudad.

Los ratoncitos se miraron. ¿Quién tenía razón de los dos? Nunca se pondrían de acuerdo. Así que se dieron la mano amigablemente y tomaron caminos distintos: el ratón de ciudad se quedó en su majestuosa casa y el ratón de campo en su acogedora casa.

Los dos vivieron felices por siempre jamás, cada uno a su manera.

Pulgarcita

Érase una vez una mujer muy pobre que vivía sola en una cabaña. Le hacía tanta ilusión tener un hijo, que un día fue a pedir ayuda a un hada.

—Eres una buena mujer —le dijo el hada—, así que voy a darte esta semilla mágica. Plántala, riégala y no la pierdas de vista ni un segundo.

La mujer le dio las gracias e hizo lo que le había dicho. Pero los días pasaban y no sucedía nada. Hasta que por fin apareció un diminuto brote verde, y luego el capullo de una flor con pétalos rosas muy apretados.

«Vas a ser la flor más bella del mundo», pensó la mujer, y la besó con mucho mimo.

Los pétalos comenzaron a desplegarse y en el centro de la flor apareció una niña preciosa del tamaño de un pulgar. La mujer estaba muy contenta.

—Te llamaré Pulgarcita —le dijo, y puso a su hija recién nacida en una camita hecha con una cáscara de nuez y sábanas de pétalos de rosa.

Pulgarcita creció siendo una niña feliz. Pero un día que su madre había salido, se presentó un sapo grande y feo en la cabaña. Al verla durmiendo exclamó:

—¡Tiene que casarse con mi hijo!

El sapo agarró a Pulgarcita y se la llevó.

Al despertar, la niña se encontró tendida sobre una hoja de nenúfar en medio de un estanque con dos sapos que la observaban.

—Esta va a ser tu esposa —le dijo la madre al hijo.

El sapo abrió su boca ancha y desdentada con una amplia sonrisa, pero lo único que pudo decir fue:

—¡Croac! ¡Croac!

—No me casaré con un sapo —sollozó Pulgarcita.

—¡Qué niña más desagradecida! —dijo mamá sapo—. Aquí te quedas hasta que dejes de llorar.

Los dos sapos saltaron al agua y se pusieron a nadar.

Pulgarcita no podía dejar de llorar. Un pez que pasaba por allí se apiadó de ella y mordisqueó los tallos de las hojas hasta que la niña pudo flotar y escapar de los sapos. Al rato llegó a la orilla y saltó a tierra firme.

Pulgarcita vivió todo el verano en el campo. Añoraba a su madre, pero no tenía ni idea de cómo regresar a casa. Así que se dedicó a recoger bayas silvestres y a hacerse amiga de los pájaros y los animalitos.

Cuando llegó el invierno, Pulgarcita tenía mucho frío y se sentía sola. Por suerte, un ratón de campo muy amable la encontró y la invitó a quedarse en su madriguera. La niña estaba tan agradecida que aceptó enseguida.

Bajo tierra estaba calentita y a gusto, pero empezaba a echar de menos la luz del sol. Y entonces fue cuando el amigo del ratón, el topo, le pidió que se casara con él.

—No me casaré con un topo
—dijo Pulgarcita.

—¡Qué niña más desagradecida!
—dijo el ratón.

Al final Pulgarcita aceptó:
en verano se casarían.

Pulgarcita se sentía muy desgraciada.

Sin embargo, un día mientras paseaba por los túneles subterráneos, encontró una golondrina moribunda por el frío. La abrazó contra su pecho para que entrara en calor hasta que abrió los ojos.

—Me has salvado la vida —dijo la golondrina—. Ven conmigo al sur, allí donde hay sol y flores.

—No puedo abandonar al ratón —sollozó Pulgarcita—. Ha sido muy bueno conmigo.

—Entonces me iré sola —dijo la golondrina desplegando las alas—, pero volveré en verano. ¡Adiós!

Y se fue volando.

Pasaron los meses y el día que tanto temía Pulgarcita llegó: iba a casarse con el topo. Mientras esperaba a que el topo llegara, apareció de nuevo la golondrina.

—Ven conmigo. ¡Ahora o nunca! —le dijo.

—¡Sí, llévame contigo! —aceptó Pulgarcita.

Y Pulgarcita voló al sur a lomos de la golondrina. Cuando estaba explorando su nuevo hogar, se abrió una flor muy especial delante de ella. Allí, en el centro, había un príncipe no más grande que un pulgar con alas de mariposa.

—¿Quieres casarte conmigo? —le dijo nada más verla.

—¡Sí! —gritó Pulgarcita.

Se casaron y Pulgarcita se convirtió
en la reina de las hadas de las flores.

Jamás olvidó a su madre, y ese mismo día
pidió a las hadas mensajeras que le llevaran
una carta y un precioso ramo de flores.

Y Pulgarcita y su apuesto marido
vivieron felices por siempre jamás.

La tortuga y la liebre

La tortuga y la liebre eran vecinas. La liebre siempre iba con prisas, en cambio la tortuga se contentaba con ir haciendo su camino.

Un día la tortuga avanzaba despacito por un camino cuando la liebre la rebasó a toda velocidad.

—¡Acelera, tortuga, o nunca vas a llegar! —le espetó la liebre.

—Claro que voy a llegar —le respondió la tortuga tranquilamente—. Voy lenta pero segura.

La liebre desanduvo el camino, corrió alrededor de la liebre tres veces sin dejar de reír y se fue a toda velocidad. Media hora después, regresó. La tortuga seguía andando en la misma dirección, no había ido muy lejos. La liebre se reía a carcajadas.

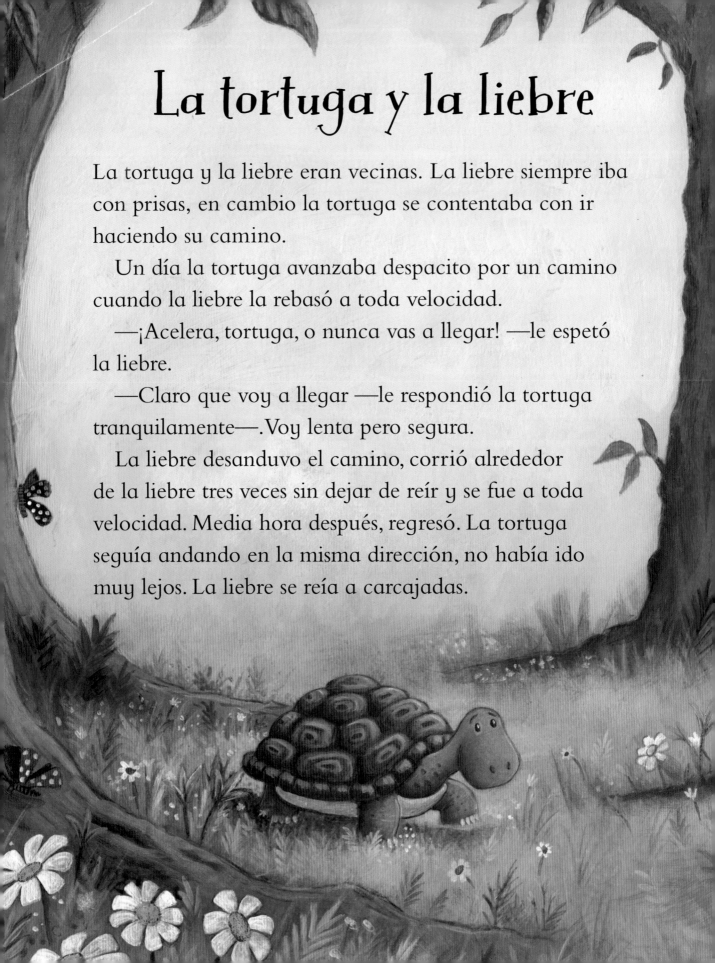

—¡Mira que eres lenta! —le dijo la liebre—. ¡No vas a llegar nunca a ninguna parte!

—Ya ves —le respondió la tortuga—. Pasito a pasito. Primero una pata y después la otra. Lenta pero segura.

—¡Eres un caso perdido! —insistió la liebre—. ¡Tardarás todo el día en llegar al final del camino!

—¡Yo llego a todas partes! —le dijo la tortuga ya enfadada—. Y si no me crees, te reto a una carrera.

La liebre se rió tanto que cayó rodando al suelo entre carcajadas, con las lágrimas resbalándole por el bigote.

—¿Una carrera dices? —preguntó con sorna la liebre—. ¿Entre tú y yo? Harás el ridículo.

—¿Te da miedo perder? —dijo la tortuga—. Porque si no es así, hagámosla cuanto antes.

Al final decidieron que la carrera sería al día siguiente y pidieron al zorro que fuera el juez. Saldrían de un viejo roble y tendrían que llegar al río.

La tortuga salió aquella misma noche de casa para llegar a primera hora de la mañana a la salida. La liebre se fue a su madriguera a dormir y se levantó tarde.

Corrió a toda velocidad en dirección al roble y encontró a la tortuga preparada y esperando. Los otros animales habían venido a ver la carrera.

—El zorro os espera en el río —le dijo el oso—. Empezaremos cuando estéis listas.

Salida

La tortuga y la liebre empezaron la carrera.

La tortuga levantó una pata y la bajó. Luego levantó otra pata y la bajó. Lenta pero segura.

Pero la liebre corría a toda velocidad.

Al cabo de unos minutos la liebre vio el río enfrente. Se detuvo y miró a su alrededor. Ni rastro de la tortuga.

—¡Mira que es lenta! —se burló—. Tardará horas en llegar. Aprovecharé para descansar un poco.

Confiada, la liebre se sentó debajo de un árbol que había cerca de la meta y pronto se quedó dormida.

Por el camino, la tortuga seguía avanzando, lenta pero segura, pasito a pasito, ahora una pata y después la otra.

Hacia el río

Al cabo de una hora, la liebre se despertó y miró a lo lejos. Apenas podía ver a la tortuga, que avanzaba hacia ella, lenta pero segura y todavía muy lejos.

—¡Mira que es lenta! —se burló—. Tardará horas en llegar. Echaré otra cabezadita.

Y eso es lo que hizo. La tortuga seguía adelante, lenta pero segura, con su grueso caparazón bamboleándose por el camino. La liebre dormía a pierna suelta y, cuando despertó, no vio a la tortuga por ninguna parte.

Meta

—¡Esto es el colmo! —se burló—. Tardará horas en llegar. Echaré otra cabezadita.

Pero caía la tarde y el sol estaba bajo.

«Estoy harta de esta carrera —pensó—. Tengo ganas de acabar con esto, irme a mi madriguera y dormir tranquilamente en mi cama».

Se levantó y corrió tan deprisa como pudo hasta la meta. La tortuga la esperaba junto al río.

—¿Dónde estabas? —dijo la tortuga—. Hace horas que te espero. ¡Mira que eres lenta!

La liebre intentó explicarse, pero ni la tortuga ni el zorro le hicieron caso.

—¡Pero yo soy más rápida! —se quejó la liebre—. ¡No es justo!

—Las reglas eran bien sencillas —dijo el zorro—. Ha ganado la tortuga.

—La carrera consistía en llegar la primera —dijo la tortuga sonriendo—, no en ser la más rápida. ¡Con paso lento pero seguro se ganan las carreras!

La Reina de la Nieve

Había una vez un elfo malvado que creó un espejo mágico que mostraba el lado malo de todas las cosas. Cuando el espejo se rompió haciendo ¡crac!, cientos de trozos de vidrio salieron volando por el mundo.

Kai y Gerda eran dos niños que habían crecido juntos, casi como hermanos. Un día, mientras jugaban, un trozo del espejo roto se metió en el ojo de Kai. Él se volvió frío y distante, y la pobre Gerda no sabía qué le había pasado.

—Ven y juega conmigo, Kai —le rogaba Gerda. Esperaba que reaccionara y volviera a ser amigable, pero se mostraba frío con todo el mundo.

—No quiero, déjame en paz —decía.

A Kai le gustaban el frío, el hielo y sobre todo los copos de nieve. Se pasaba el día mirando las bonitas formas que hacían.

Poco tiempo después, la mismísima Reina de la Nieve supo que algo le ocurría a Kai, y lo visitó.

74

—Puedo llevarte a un lugar donde siempre nieva
y hace frío —le dijo a Kai, y este aceptó encantado.

Nadie sabía adónde había ido Kai y la mayoría pensaba
que estaba muerto, pero Gerda sabía en su corazón que él
aún vivía. Gerda se puso unos zapatos rojos nuevos y partió
a buscarlo. Después de un tiempo se encontró con un río.

—Río, ¿has visto a mi amigo Kai? —le preguntó.

Pero el río no podía responder.

—Te daré estos nuevos zapatos rojos si me ayudas a
encontrar a mi amigo —le dijo al río, y lanzó los zapatos
al agua.

A continuación, el río respondió:

«En mis muy oscuras profundidades guardo muchos secretos,
pero ningún niño descansó su cabeza sobre mi húmedo lecho».

Gerda estaba aliviada al enterarse de que Kai no se
había ahogado, y siguió su marcha. Caminó muchos
kilómetros hasta encontrarse con un hermoso jardín, en el
que paró a descansar. Gerda se recostó y se quedó dormida.
Cuando despertó, una hermosa rosa le estaba hablando:

«Bajo el suelo de donde las raíces suelen salir,
no veo a tu amigo dormir».

Gerda estaba feliz, pues esto significaba que Kai no estaba muerto. Así que partió una vez más en busca de su querido amigo. Mientras Gerda caminaba por el bosque, se encontró con un venado.

—Venado, ¿has visto a mi amigo Kai? —le preguntó.

—¿Es el niño al que le gustan los copos de nieve? —respondió el venado.

—Sí, son lo que más le gusta —dijo Gerda.

El amable venado le dijo a Gerda que había visto a Kai en el palacio de la Reina de la Nieve.

—Súbete a mi espalda y te llevaré —le dijo. Gerda creyó que su corazón explotaría de felicidad. Estaba segura de que hallaría a Kai y de que pronto volvería a casa. Pero las tierras de la Reina de la Nieve estaban protegidas por copos de nieve.

«¿Cómo lograremos superar este obstáculo?», pensó Gerda.

Pero al caminar a través de ellos, observaron que los copos de nieve se derretían por la calidez de su corazón. Gerda y el venado caminaron por la tierra helada buscando a Kai por todas partes.

—¡Allí está! —dijo Gerda.

Se le acercó corriendo.

—¿Quién eres? —dijo Kai—. Déjame en paz.

Pero Gerda no lo soltó. Lloró tanto que el corazón helado de Kai comenzó a derretirse. Kai también comenzó a llorar y sus propias lágrimas sacaron el trozo de espejo roto de su ojo.

—Gerda, ¿de verdad eres tú? —preguntó Kai.

—Sí. He venido para llevarte a casa —dijo Gerda.

Pero Kai vio que la Reina de la Nieve se acercaba cabalgando hacia ellos.

—Debemos irnos rápido —advirtió Kai—. La Reina de la Nieve congelará nuestros corazones y hará que nos quedemos aquí.

Entonces Kai y Gerda montaron sobre el venado y cabalgaron lejos de la tierra helada. No se separaron nunca más y vivieron felices por siempre.

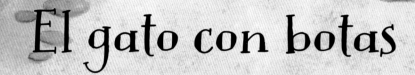

El gato con botas

Érase una vez un anciano molinero que tenía tres hijos. Al morir, dejó el molino al hijo mayor. El hijo mediano se quedó con los burros. Y el más pequeño, un hombre bueno que siempre había estado muy pendiente de su padre y de sus hermanos, solo se quedó con el gato.

—¿Qué va a ser de mí? —preguntó con un suspiro el hijo pequeño del molinero mirando al gato.

—Cómprame un buen par de botas y te ayudaré a hacer fortuna, porque tu padre estaba convencido de que la merecías —le dijo el gato.

¡Vaya, un gato que habla! El hijo del molinero no podía creérselo. Sin pensárselo dos veces, le compró las botas y los dos se pusieron en camino para hacer fortuna. Cuando llevaban un rato andando, llegaron a un majestuoso palacio.

—¡Cómo me gustaría vivir en un sitio así! —exclamó el hijo del molinero.

Más tarde, cuando su dueño dormía, el gato salió a cazar y atrapó un conejo. Lo metió en un saco y lo llevó al palacio.

—Majestad, os traigo un regalo de parte de mi señor, el Marqués de Carabás —dijo el gato ofreciéndole el conejo.

Al regresar con el hijo del molinero, se lo contó todo.

—Seguro que ahora el rey se morirá de ganas de saber quién es el Marqués de Carabás —dijo el gato, sonriendo.

¡Vaya, un gato inteligente! El hijo del molinero no podía creérselo. Aquella semana el gato le hizo un regalo al rey cada día, siempre de parte del Marqués de Carabás. Hasta que el rey sintió tanta curiosidad que decidió que su hija conociera a aquel noble tan misterioso, fuera quien fuera.

Cuando el gato oyó que el rey y su hija venían de camino, no perdió ni un segundo.

—Quítate enseguida la ropa y quédate junto al río —le pidió a su dueño.

Perplejo, el hijo del molinero obedeció y después el gato escondió la ropa harapienta detrás de una roca.

Cuando el gato oyó que se acercaba el carruaje del rey, saltó al camino y pidió ayuda.

—Majestad —dijo—, a mi señor le han robado la ropa mientras se bañaba en el río.

El rey obsequió al hijo del molinero con un precioso traje.

—¿Por qué no subís al carruaje? —lo invitó el rey.

Decidido, el gato abrió la puerta y su dueño se subió al carruaje. Estaba tan guapo con el traje nuevo, que la hija del rey se enamoró profundamente de él.

El gato se puso a correr campo a través, y a todo a quien se encontraba le decía:

—Si el rey se detiene y os pregunta de quién son estas tierras, decidle que pertenecen al Marqués de Carabás.

Sin dejar de correr, el gato llegó a un gran castillo. Preguntó a la gente que trabajaba en un campo cercano y le dijeron que pertenecía a un ogro feroz.

Ni corto ni perezoso, el gato se calzó las botas y llamó a la puerta del castillo.

—He oído que sois un ogro muy inteligente —dijo el gato—, así que he venido a ver vuestros trucos.

El ogro abrió la puerta y en un abrir y cerrar de ojos se convirtió en un enorme león rugiente.

—Buen truco —dijo—, pero un león es un animal grande. Seguro que os cuesta más convertiros, por ejemplo, en un ratón.

El ogro se transformó en un ratoncito y, acto seguido, ¡el gato se abalanzó sobre él y se lo zampó!

Después entró en el castillo y les dijo a todos los sirvientes que su nuevo señor era el Marqués de Carabás. Estos estaban tan contentos por haberse librado del ogro que no dijeron ni mu.

—El rey viene de visita, hay que preparar enseguida un gran banquete —dijo el gato.

Cuando el carruaje del rey llegó al castillo, el gato esperaba para recibirlo.

—Majestad —ronroneó—, bienvenido al castillo de mi señor, el Marqués de Carabás.

¡Vaya, un gato astuto! El hijo del molinero no podía creérselo.

—Ahora es el momento de pedir la mano de la princesa —susurró el gato a su dueño.

El hijo del molinero lo hizo. El rey, que estaba muy impresionado, aceptó encantado. Pronto, el Marqués de Carabás y la hija del rey se casaron. Al gato lo nombraron señor de la corte y lo vistieron con las ropas más espléndidas, que lucía con aquellas botas que el hijo del molinero le había comprado.

Y todos vivieron felices por siempre jamás.

El león y el ratón

Érase una vez un león enorme que vivía en una oscura guarida. Cuando no cazaba, le encantaba acurrucarse allí y dormir a pierna suelta. De hecho, si no dormía lo bastante se ponía de muy mal humor.

Un día, un ratoncito decidió tomar un atajo para ir a su casa atravesando la guarida.

«¿Qué puede pasar? —pensó—. Con estos ronquidos seguro que ni se entera».

Pero mientras pasaba junto al león dormido, le pisó la pata sin querer. Con un poderoso rugido, el león se despertó y agarró al ratón de un zarpazo.

—¿Cómo te atreves a despertarme, pequeñajo? —rugió el león furioso—. ¿Pero es que no sabes quién soy? ¡Soy el rey de la selva! Mira, ya sé qué voy a cenar esta noche.

Y abrió bien la boca.

Aterrorizado, el ratón se puso a temblar al ver los dientes afilados del león y le suplicó que lo soltara.

—¡Por favor, Majestad! —grito—. No quería despertaros.
Ha sido sin querer. Yo solo quería llegar pronto a mi
casa, con mi familia. Soy demasiado pequeño
para ser la cena de alguien tan grande
como vos. Dejad que me vaya y
os prometo que el día que me
necesitéis os ayudaré.

El león cascarrabias soltó una tremenda carcajada.

—Eres demasiado pequeño para ayudar a alguien de mi tamaño —dijo con desprecio.

El ratón se puso a temblar y cerró los ojos esperando que el león se lo zampara. Sin embargo, el león sonrió y lo soltó.

—Vete a casa, pequeñajo —dijo el león—. Me has hecho reír y me has puesto de buen humor. Pero será mejor que eches a correr antes de que cambie de opinión.

El ratón le estaba muy agradecido.

—¡Gracias, Majestad! —chilló con su vocecita—. Os prometo que siempre seré vuestro amigo.

Unos días después el león fue a cazar. En un pequeño claro, vio una cabra comiendo hierba debajo de un árbol.

El león rodeó el claro, arrastrándose lentamente entre la hierba alta. Dio un rugido terrible y, justo cuando iba a abalanzarse sobre su presa, le cayó una red encima.

¡Había caído en la trampa de un cazador!

La cabra, aterrorizada, desapareció entre la maleza.

El león rugió e intentó liberarse de la red, pero cuanto más lo intentaba, más se enredaba. Estaba tan enfadado, que lanzó el rugido más grande que se había oído jamás en la selva.

Armó tanto estruendo que los árboles se pusieron a temblar, y todos los animales de la selva lo oyeron, incluso el ratoncito.

¡GRRRRRR!

—¡Vaya, ese es mi amigo el león! —gritó el ratón—. Seguro que necesita ayuda. ¡Allá voy!

El ratón corrió a través de la selva lo más deprisa que pudo en dirección al poderoso rugido del león.

Enseguida llegó al claro y encontró al león enredado y atrapado entre la red del cazador.

—¡No os mováis, Majestad! —gritó el ratón—. Os sacaré de aquí en un santiamén.

—¿Tú vas a sacarme de aquí, pequeñajo? —se rió el león.

Ignorándolo, el ratón se puso a roer la red con sus dientecitos afilados. Al cabo de poco tiempo, había abierto un buen boquete en la red.

El león pudo deshacerse de las cuerdas y librarse de la trampa.

Entonces el león le tendió su enorme pata al ratoncito.

—Gracias, pequeñajo —dijo humildemente—. Me equivoqué cuando me reí de ti. Me has salvado la vida y te estoy muy agradecido.

—¡Os portásteis muy bien cuando me dejásteis escapar! —chilló el ratón con su vocecita—. Ahora me tocaba a mí ayudaros.

Y, desde aquel día, el gigantesco león y el diminuto ratón fueron grandes amigos.

Un marinero fue al mar

Un marinero fue al mar, mar, mar
para ver qué podía mirar, mirar, mirar.
Pero todo lo que pudo mirar, mirar, mirar
era el fondo del profundo mar, mar, mar.

Alguna vez, vez, vez

¿Alguna vez, vez, vez
en tu larga vida,
has conocido a un largo marinero
con una larga esposa que lo cuida?
No, yo ninguna vez, vez, vez,
en mi larga vida
conocí a un largo marinero,
¡con una larga esposa que lo cuida!

¿Alguna vez, vez, vez
en tu chueca vida,
has conocido a un chueco marinero
con una chueca esposa que lo cuida?
No, yo ninguna vez, vez, vez,
en mi chueca vida
conocí a un chueco marinero,
¡con una chueca esposa que lo cuida!

La lavanda es azul

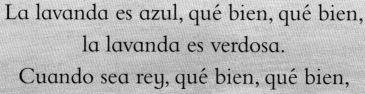

La lavanda es azul, qué bien, qué bien,
la lavanda es verdosa.
Cuando sea rey, qué bien, qué bien,
tú serás mi reina hermosa.

Diles a tus hombres, qué bien, qué bien,
que no han de estar parados,
Unos con las horcas, qué bien, qué bien,
y otros con los arados.

Unos hacen heno, qué bien, qué bien,
y otros cosechan trigo,
Mientras tú y yo, qué bien, qué bien,
estamos bien tranquilitos.